Primera edición, 2013

Martínez, Rocío
    Abue, cuéntame / Rocío Martínez. — México : FCE, 2013
    [32] p. : ilus. ; 25 × 18 cm — (Colec. Los Especiales de
A la Orilla del Viento)
    ISBN 978-607-16-1304-2

    1. Literatura infantil I. Ser. II. t.

LC PZ7   Dewey 808.068 M334a

Distribución mundial

© 2013, Rocío Martínez

D. R. © 2013, Fondo de Cultura Económica
Carretera Picacho Ajusco 227, Bosques
del Pedregal, C. P. 14738, México, D. F.
www.fondodeculturaeconomica.com
Empresa certificada ISO 9001:2008

Colección dirigida por Eliana Pasarán
Edición: Clara Stern Rodríguez
Diseño: Miguel Venegas Geffroy

Comentarios y sugerencias:
librosparaninos@fondodeculturaeconomica.com
Tel.: (55) 5449-1871. Fax: (55) 5449-1873

ISBN 978-607-16-1304-2

Este libro, que desafió al olvido, se terminó de imprimir
y encuadernar en marzo de 2013 en Impresora y Encuadernadora
Progreso, S. A. de C. V. (IEPSA), calzada San Lorenzo 244,
Paraje San Juan, C. P. 09830, México, D. F.

El tiraje fue de 6 500 ejemplares.

Impreso en México • *Printed in Mexico*

*A los abuelos y las ranas que se ponen
malitos y, sobre todo, a sus cuidadores.*

*A mi papá, mi mamá, mi hermana Sacra y
al Centro de Día Margarita Retuerto.*

LOS ESPECIALES DE
A la orilla del viento
FONDO DE CULTURA ECONÓMICA
MÉXICO

Abue, cuéntame

Rocío Martínez

Desde que enfermó, el abuelo se vino a vivir con nosotros.

Aunque pasáramos las tardes juntos,
cada uno se entretenía con sus cosas.

Parecía que el abuelo quería jugar
conmigo, pero no sabía cómo.

Yo le preguntaba sobre los gatos o los
tiburones y él me contaba todo lo que sabía,
aunque muchas veces no encontraba las
palabras que quería usar, se perdía en medio de
una frase, y callaba…

Los doctores decían que tenía que seguir
ocupado, pero a él le costaba trabajo hacer todo,
¡hasta las cosas que antes le divertían!

A veces se quedaba muy quieto, como si
estuviera tieso. Entonces yo hacía mucho
ruido para despertarlo. Me daba miedo que
se quedara dormido para siempre.

Un día, mientras jugaba con mi rana,
ella también se quedó quieta, muy quieta.
Por suerte mi abue escuchó mis gritos.

Él me ayudó a curarla: la tranquilizó
dándole un cariñoso masaje y me
dijo que mejor no le gritara.

Ahora somos los mejores amigos. Si se queda
tieso, como mi rana, lo tranquilizo y él me platica
muchísimas cosas con esa forma tan graciosa que
tiene de usar las palabras.

Sólo le digo: "Abue, cuéntame", y mientras
jugamos me habla de los dientes de león, de
la sierra con dientes, de los dientes de ajo,
de las perlas como dientes…

Yo creo que mi abue es el mejor abuelo del mundo, y cuando sea grande quiero ser cuidador de ranas como él.